Otra vez retorno a ti
Jesús Vázquez

Colección Andanza

Otra vez retorno a ti

Jesús Vázquez

A mi padre, dondequiera que esté

"Converso con el hombre
que siempre va conmigo"

Antonio Machado

ÍNDICE

Edad de oro

El tiempo creció
                Con él
las patas de mis calzones
¡Sordo reloj que te opones
a mi barco de papel!

El tiempo se fue
                Mi fiel
pequeño que no te has ido
existes en lo vivido
si lloras
rompes la calma
porque en el fondo del alma
llevo mi niño dormido.

Carta en la que Hernán Cortés
se arrepiente

El gran error de mi vida:
desembarcar en tu amor,
(quemé las naves en flor
negando la despedida).

Los años, la fe perdida,
no olvidan tu cuerpo ardiente
de víbora impenitente,
de inmensa maldad esférica.
Por esto y por más mi América,
Hernán Cortés se arrepiente.

Inspiración

Bajo la luz de la noche
navega mi anatomía,
teniendo por compañía
un polizón: el reproche.

Cuando el sol se torna broche
las ondas del universo
caen, cargadas del verso
que al espíritu alimenta;
y casi sin darme cuenta
brota la luz en mi esfuerzo.

La carta que no envié

Si acaso lloro por ti,
si dicen que me deshago;
no acudas: bebo del trago
con faldas que me serví.

Retumba el amor en mí,
con la pasión desbordada
de un río en la madrugada
herido por una estrella.
¡No acudas, mortal y bella
combinación de estocada!

A la niña rota

Eli, Eli, ¿Lama sabactani?

Se terminó la inocencia
en el bigote extranjero:
¡frente a un espejo grosero
su permutada apariencia!

Vive alquilada la esencia
que habita el busto proscrito;
como conjuro maldito
el tiempo alado la arrastra...

Y en la distancia que lastra
me dice: ¡Adiós, hermanito!

Nocturno cubano

Un suspiro se desliza
en el azul cafetal
y la luna ve muy mal
el porqué de la sonrisa.
Sopla sonora, la brisa
Sobre dos sombras en celo;
el macho comienza el duelo
y la hembra se torna instinto
¡Cayendo
       van
          saya y cinto
para rodar por el suelo!

Retrato

Andas
        negando el espacio
que el antimundo te dio
(y tu fantasma creció
descalzo y con pelo lacio)

Andas
        sufriendo despacio
como quien sabe morir
construyes
                por construir
el templo de la apariencia

Y en medio de tanta ausencia
la vida por descubrir.

Poema sin nombre

En un lugar de la noche
casi en el tiempo
                perdido
se va oxidando el gemido
donde el amor es fantoche
En un lugar de la noche
como un rincón
                olvidado
descansa el beso engañado
descansa   pero no olvida

Y mientras   se va la vida
se clona desde el pasado.

Décima a un sábado

Aunque no seas futuro,
aunque no seas mi estrella;
ayer dejaste una huella
de luz en mi lado oscuro.

¡Beber de tu néctar puro
sería la omnipotencia!
Y conocerte, abstinencia
de invocación al pecado.
¡Mujer, por Dios, me has dejado
desnudo por la impotencia!

Destino

El hombre crucificado
como un fantasma en la noche
resucita en el reproche
como lanza en el costado

Corazón que ha renunciado
es como un perro sin dueño

es un andén   es pequeño

un vagabundo que salda
(con el futuro a la espalda)
sólo viviendo de un sueño.

Definición

Tentación: carne cubierta
con tejidos de colores
prohibición   Eva   estertores
de orejas tras una puerta

Ganas (matrícula abierta)
especulación precoz
cuerpo sensual   altavoz
en lucha contra el pestillo
perfume   impulso   ¡Martillo
que insiste en golpear a Dios!

Pecado

Van dos maderos cruzados
sobre la espalda del Dios
Una elegía feroz
escriben los desalmados
Los sueños crucificados
no encuentran la sepultura
Día tercero
              Censura
que intenta callar la brisa
porque otra vez la sonrisa
perdona desde su altura.

Aniversario

Es veintiuno y Febrero...
no puedo amarte esta noche.

98 fue el broche;
para el dolor un sendero.

Quizás con esto te hiero,
pero esta noche es aquella.

(98, una estrella
revive al anochecer).

No puedo. Duerme mujer
hoy quiero soñar con ella.

Para escapar de un amor

Romeo, Julieta no existe

No quiero, Dios, conocerte
si me das vivir eterno;
para salir del infierno
yo me refugio en la muerte.

No quiero, Dios, convencerte
de que el carbón tuvo luz
y que al arder en la cruz
se dispersó con la brisa...

No quiero eterna ceniza:
¡no soy el Cristo Jesús!

E.P.D.

Está lloviendo. La historia
se crece a la luz del alba,
y tu recuerdo se salva,
para quedarse en la gloria.

No lloro. Gira la noria
y gira la poesía.
Tu imagen evoca al día
y lo convierte en rosal.
Mi padre, mi buen mortal,
descansa en la tumba fría.

Despertar

En los potreros del alma
donde cabalgan pasiones
habitas
        por mil razones
como una droga que ensalma
te busco
        pierdo la calma
si ignoras mi fantasía
se cumple la profecía
(la brevedad de mi sueño)
cuando tu cuerpo trigueño
se va con la luz del día.

Tránsito

Entre sus piernas crecí
aquella noche de dos
(quise subir hasta Dios
y a la mujer descendí).

Aquella noche perdí
mi trompo, mi papalote,
al descubrir el escote
donde el amor hizo un guiño.

Aquella noche, mi niño,
Sintió crecer su bigote.

Clímax

Y tú detienes la noche
como del tiempo   cautiva
Hecha de orgasmo que liba
vas agotando el derroche
Cuerpos sudados   un coche
para poder ser distintos
Estrellas   perros   ¡Recintos
abiertos para el deseo!
Avanzo   penetro   oteo
me pierdo en tus laberintos.

Definiendo un corazón

Mi corazón es gaviota
que se cansó de emigrar
y que anidó en alta mar
desnuda, con ala rota.
Vencida por la derrota
escrita dejó su huella,
lanzando en una botella
una nota que decía:
"Ayer partió. Mi alegría
hizo maletas con ella".

Ayúdame

A mi padre

Desde el azul infinito
del cielo, tus pardos ojos
observan mis pasos cojos
para ver que me repito.

¿Te fuiste? ¡Te necesito!
La construcción se derrumba.

Mi sol, descansa la tumba
y siéntame en tu regazo.
Hoy debo marcar el paso,
¿elijo el jazz o la rumba?

Tribunal del Amor

"Culpable de alta traición",
dictaminó el tribunal
pongamos punto final:
pena de muerte, ilusión.

Un cómplice: la pasión,
por resultar desmedida.
Castigo: llevar la herida
tras los barrotes del tiempo
La cárcel, un pasatiempo:
¡reincide, luego la vida!

Otra vez retorno a ti

La fría noche se viste
de traje de luna llena,
y el mar devora la arena
a una playa que resiste.

El gran amor que perdiste
te llora esta noche loca;
llora y recuerda la boca
que embriagó su paladar:
y llora, también el mar,
al golpe contra una roca.

Tus huellas sobre la arena
de frío se marchitaron:
el viento sopló y volaron
más tarde de aquella escena.

Tu promesa fue cadena
en espera de lo incierto,
tu puñal hizo que en puerto,
sin capitán naufragara
y que la noche entonara
las notas de su concierto.

El mar, con manos de espuma
acarició mi tristeza
y me dijo: "su belleza
sólo es tiempo, luego bruma.

Y en tus virtudes se suma
un infinito universo.
Deja que vuele cual verso
que no se debió escribir...
(si jamás supo sentir
no vale ningún esfuerzo)".

Simbiosis

El mango que está en el patio
fue abuelo quien lo sembró
De todo lo que sembró:
el mango que está en el patio

El mango que está en el patio
tiene la piel arrugada
y la raíz descarnada
y una dulzura que asombra

Abuelo - Mango   tu sombra
revive en la madrugada.

Fue mi culpa

Jamás pensaré acusarte
ay, por no ser diferente
y si tu alma no me siente
mi deber será olvidarte.

El error fue fabricarte
de la más endeble cera,
sin pensar que en primavera
tu falsa imagen de diosa,
más bien sería otra cosa:
un charco en cualquier acera.

Palabras...

Si con palabras pudiera
expresarte lo que siento,
más allá del firmamento
mi gran dolor se escurriera.
No habría más primavera,
y el viento torpe y llorón
mezclándose con el ron
en un temporal de llanto,
te llenaría de espanto
al soplar la perdición.

Y tu Dios, allá en el cielo,
comprendería mi pena
de amar mujeres de arena
que se derrumban al suelo.
Lo siento, muchacha, el hielo
con palabras no derrite,
y aunque el amor se repite,
mataré su desnudez
para que ella sufra, pues
donde hay amor hay desquite.

Definición del amor

El amor no es más que un niño
imperfecto y caprichoso,
un ciego que juzga hermoso
con los ojos del cariño.

Un azul inmenso, un guiño
a las estrellas lejanas,
un amarse hasta las canas,
un beso virgen, un día
en esta cama vacía
casi muriendo de ganas.

Amanecer citadino

El peso de la ciudad,
su respirar, agitada,
sus luces de madrugada,
su aliento de eternidad.

El peso de la ciudad
sobre mi espalda, de cruz,
como un perfecto avestruz
me esconde, muestra y asombra.

La ciudad todo lo nombra
cuando se llena de luz.

Acróstico. I

Te sueño al atardecer
entretejiendo mi pelo,

amándome con desvelo,
matándome en el placer;
orgullosa de poder

mirarte en mis pardos ojos,
uniendo tus labios rojos
joviales, entre los míos.
Esperando ver tus ríos
reciclando mis enojos.

Recuerdos de un cobijador

Pensamientos de alas blancas
volaron a tu figura,
delineando la llanura,
los montes, las zonas francas.

Soñando sobre tus ancas
cabalgaba mi jinete.
¡La noche prima, un sainete
que degusté! La final...
me despertó una fatal
caída del caballete.

El Ángel

A mi hijo

Un ángel cayó del cielo
tal vez confundió mi casa

Un ángel no llega y pasa
si llega a tocar el suelo

Un llanto   final del vuelo
lo veo   le doy cariño

Sin alas   con piel de armiño
hermoso y de aspecto magro

Ha sucedido un milagro
el ángel se ha vuelto niño.

Recuerdos

Ayer te busqué en la tierra
con el deseo de amarte
y sólo pude encontrarte
donde la mente se aferra.

En la yerba que destierra
las curvas de tu figura;
en el olor a natura
que de tus piernas brotaba,
y en los besos que me daba
tu boca, tan dulce y pura.

Suerte

A cuatro manos con Omar Rubio

Porque la suerte es estrecha
la habitan los malabares
La suerte está en los lugares
donde ya nadie sospecha
Cuando la suerte se echa
frente a la puerta elegida
no sé qué hado la embrida
en contorno de señuelo
pues crece y alza su vuelo
y en el olimpo se anida.

Testamento

Quiero una muerte feliz
al amparo del olvido
Quiero
deseo
decido
que suceda en mi país
Por flores
pido un tapiz
con mis poemas bordados
No quiero llantos grabados
ni despedidas fatales
quiero mis restos mortales
junto a mi padre   enterrados.

Inexorable

La suerte no es suerte así
ya todo estará previsto
Hoy pienso
mañana existo
La suerte no es suerte así
pues alguien que nunca vi
decide
somos los dados
Mortales y limitados
nacemos
así nos quieren
No habrá un milagro
no esperen
Los naipes están marcados.

Génesis

A mi madre

Hecha de polvo y costilla
hecha de algún madrigal
lleva el milagro mortal
en el vientre que lo ovilla

Como una diosa sencilla
la madre en su creación
va pujando una ilusión
con la alegría del llanto

Luego
lo abriga en su manto
y le entrega el corazón.

Suicida en caída libre

Un hombre teme a la vida
parado frente al sadismo
Busca la paz del abismo
y la hallará en la caída

Como un pájaro suicida
están cayendo sus huesos
Su alma
llena de rezos
está buscando la puerta

Y un ángel la deja abierta
frente al reguero de sesos.

**Carta del hermano del sur
a la hermana del norte**

Escribes poemas
Llueve
más allá de tu ventana
por qué la tristeza   hermana
si es tan hermosa la nieve
Las tres en Cuba
Las nueve
en una Viena de extraños
Cartas
Llamadas
Los años
girando en el mismo tema
Llueve y escribo un poema
sobre emigrantes huraños.

Poema sobre la muerte

El tiempo se está acabando
El reloj no se detiene
Llega en silencio
ya viene
la muerte me está llamando
Cambio de nombre
de bando
me disfrazo de alegría
Me sumo en esta porfía
sabiéndome perdedor
La vida es solo un error
la muerte
corrige un día.

Milagro para un nieto triste

Me dijo que volvería
y un beso me regaló
Un ángel se lo llevó

ME DIJO QUE VOLVERÍA

Y desde entonces porfía
mi corazón en su anhelo
por arrancarlo del cielo

ALGUIEN DESCUBRE MI SED

Del cuadro de la pared
se está bajando el abuelo.

Filosofía

La evolución es oscura
(siempre perdida en la huella)
Si somos polvo de estrella
POR QUÉ LA ESTRELLA PERDURA

Soy sólo una criatura
hecha de polvo y aliento
No existo   Soy un evento
nacido para morir

Pues vengo y me suelo ir
a la manera del viento

Al niño que no creció

Desde un rincón del pasado
donde ya nadie lo ve
me está gritando su fe
un niño triste y marcado

En este cuerpo atrapado
donde a crecer se negó
como un fantasma vivió
hasta morir de inocencia

Señor
qué amarga experiencia
PORQUE ESE NIÑO FUI YO.

**Para sembrar el amor
(consejos agrotécnicos)**

Lo que no nace no crece
Escúchame
labrador
vuelve a sembrar el amor
y verás cómo florece
Siembra en creciente   Ofrece
un corazón desyerbado
limpio de plagas
surcado
para abrigar la semilla

VES ESA FLOR AMARILLA
ES OTRO AMOR QUE HA CUAJADO.

Soy

"El amor es el quinto elemento
con que Dios nos diferenció
de los animales"

Sólo un instante en la tierra
parte de un mundo que sufre
Hecho de luz y de azufre
busco el final de mi guerra

Cuatro elementos: la tierra
el agua   el viento y el fuego
hacen la carne
me niego
a ser la combinación
Me hurgo en el corazón
hallo el amor
puro y ciego.